把时间摊开

岸东/著

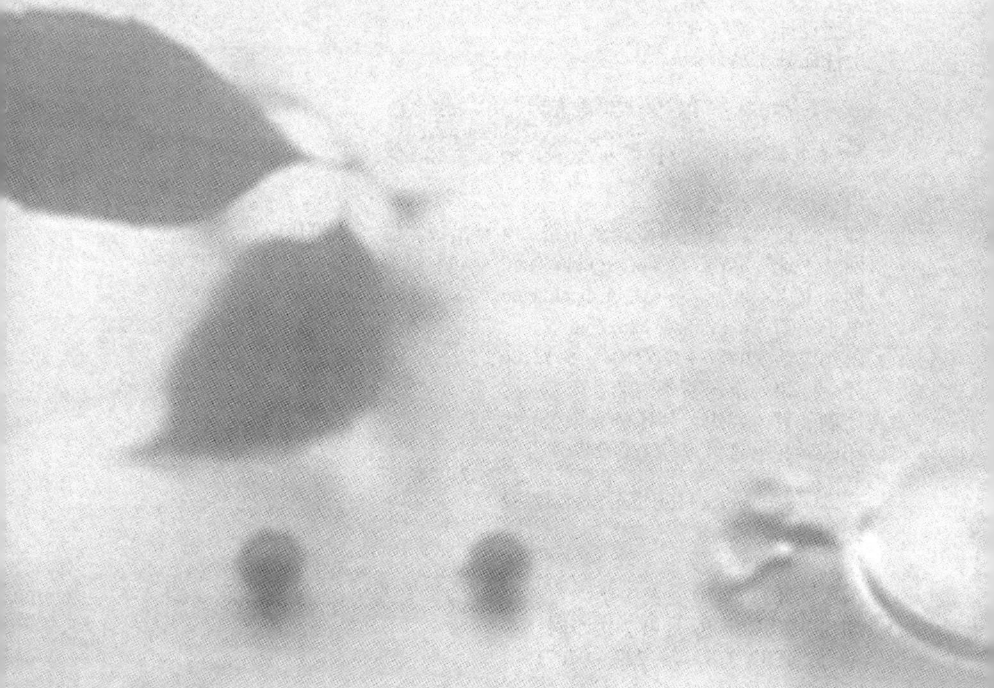

黄河出版传媒集团
宁夏人民出版社

图书在版编目（CIP）数据

把时间摊开 / 岸东著．-- 银川：宁夏人民出版社，2022.10

ISBN 978-7-227-07671-1

Ⅰ．①把… Ⅱ．①岸… Ⅲ．①诗集-中国-当代 Ⅳ．①I227

中国版本图书馆 CIP 数据核字(2022)第 188015 号

把时间摊开　岸东　著

责任编辑　杨敏媛　白　雪
责任校对　陈　晶
封面设计　文飞燕
责任印制　马　丽

黄河出版传媒集团
宁夏人民出版社　出版发行

出 版 人　薛文斌
地　　址　宁夏银川市北京东路 139 号出版大厦（750001）
网　　址　http://www.yrpubm.com
网上书店　http://www.hh-book.com
电子信箱　nxrmcbs@126.com
邮购电话　0951-5052104　5052106
经　　销　全国新华书店
印刷装订　四川金邦印务有限公司
印刷委托书号　（宁）0024763

开本　880 mm×1230 mm　1/32
印张　5
字数　100 千字
版次　2022 年 10 月第 1 版
印次　2022 年 10 月第 1 次印刷
书号　ISBN 978-7-227-07671-1
定价　38.00 元

在时间中聆听灵魂的歌唱

干海兵

诗人岸东和我素未谋面，但我对他的新著《把时间摊开》却相当熟悉，从六月份算起，我断断续续读了有两三遍。听《星星》诗刊原副主编、著名诗人李自国兄介绍，岸东老家在川北偏远乡村，后到条件艰苦的大西北当了十多年兵，靠不断拼搏获得组织的认同，没想到回地方安置工作不久便遇到国企改制下岗，他中年艰难创业的酸甜苦辣是常人难以想象的。在我看来，岸东经历如此丰富跌宕，之所以能取得今天的成就且诗思常在，除了有《把时间摊开》里写到的亲情、爱情、乡情支撑外，他的坚韧、真诚的赤子之心更令人感佩。

《把时间摊开》以短制为主，碎片化串连了岸东各个时间段近150个诗情所得、人生况味、岁月风尘，岸东把真切、细微的生命感受，用朴实真挚的诗笔勾缀成一段可咏可叹的心灵史。翻开这本并不算厚的诗集，我惊讶于岸东对日常生活中普通素材的诗意发现和把握，一草一木、一事一物，哪怕最寻常的一个小事情、小细节，他都倾注了饱满的真情："无论怎样/都没看到一个人的名字/前来缅怀先烈的红领巾也没有看到/只有鲜红的'无名英雄纪念碑'/七个大字/像极了英雄生前/在肉搏战的血泊里/绽放的最后一朵红花"（《无名英雄纪念碑》），相信大多数瞻仰过英雄纪念碑的人，会将宏大、神圣、崇高的整体式印象深刻脑海，但又有多少人透过坚硬的石头、概括性的大字去捕捉、联想个体生命曾经的丰沛和精彩？“英雄”这个语义，在诗歌中最适合用灵动的意象来呈现，岸东这首诗的最后两句“在肉搏战的血泊里/绽放的最后一朵红花”具有很强的视觉冲击力和心灵震撼力。英雄出自人民，既然英雄首先是人，那么他的有血有肉的形象和可歌可泣的事迹，就必须要以生动可感的画面去彰显，岸东精妙地用“血泊”“红花”二词，一下子使诗歌整体变得鲜活了起来。“一瀑鸟/从天空飞来//像父亲/撒出去的一把种子/还没有落地/就听到谷子发芽的声音”（《鸽子》）。鸽子是我们生活中常见的动物，鸽群飞过天空也是我们常见的一景，但岸东却把这一景写得很活，有大开大合的味道：先是用一个打破常规的“瀑”字，大写意地勾勒出鸽群生动传神的飞翔画面，紧接着用跳跃的笔法写到父亲撒出的种子，最后两句用谷子发芽拓展了诗歌的哲学内蕴。表面看岸东写的是鸽子，细品才发现是他对人间亲情、乡情的追怀，对人间美好事物的寄寓和赞咏。

王国维在《人间词话》中说“一切景语皆情语”，他认为诗（词）中所写的形象或境界，不管是素描式地写出来，还是由作者综合印象创造出来，它们都不是对事物做纯客观的、无动于衷的描写，而是贯穿作者的理想，即按照作者的观点、情感来选择安排的。岸东的《把时间摊开》就是一本以零碎化剪影映照心路历程的抒情诗集，他以生命中的每一个感动为原点，去探寻时间深邃的奥义，找到灵魂和现实对话的桥梁：“雨，在棚户区说梦话/风，在旧墙上磨牙/一个从工地上走出的夜归人/一把拽住闪电，说/请把这段漆黑的路照亮一点”（《夜归人》）。画面感极强的生活图景，一个活在社会底层的赶路的夜归人，“雨”“棚户区”“墙”“闪电”，在沉闷压抑的现实桎梏中，作者依然看到了亮光，期待“把漆黑的路照亮一点”。读这首诗，我似乎了解了岸东曾经的曲折经历，也感悟到了一个男人面对苦难的坚韧和自强。“落叶，在潮湿的马路上/艰难地翻动着身子//沙沙地响。并非/来自西面的风/而是叫醒黎明的扫帚//上学的孩子，未察觉/这个冷词的冷。可/眨巴着眼睛的路灯还是看到了//隐隐约约的霜/降在环卫女工的头上”（《霜降》）。其实，霜降是个中性词语，但在具有悲悯情怀的诗人眼中，它的审美取向更多的是对世事苍生的怜惜和感伤，落叶隐喻了时令更迭中弱小事物走向困境的悲苦命运，霜降作为逆运的推手，因人而异地呈现出不同的诗美特征，但在岸东眼里，它无疑是灰色调的、冰冷无情的，因为它落到了早起的辛劳的环卫女工的头上。对社会现实的关注，赋予了岸东诗歌以生命力，他的赤子之心及对现实的关注也是他爱国、爱家、爱人民的创作源泉。

岸东的诗歌，让我联想起当下诗坛中写作题材的两类不好走向，一类是囿于小我的情感小清新，一类是故作深邃的思想宣言。诗人不是哲学家，不可能成为拯救苍生的布道者，所以虚拟的崇高和神圣，正是消解诗意的主要因素。而仅仅停留在自说自唱似的小情调诗歌，因其审美情趣的局限性、对个人情感表达的单薄感和表现手法的同质化，让阅读变得乏味和空泛。可喜的是，岸东诗友用平视的眼光去解读日常生活的碎片，从熟悉的人和事写起，没有浮华不实的语言堆砌，没有居高临下的生硬说教，他遵从于内心的善良和朴素，去发现美，去呈现深藏于寻常事物中的灵光和哲思：“梦里，你依旧/身着天蓝/白筒裙/依旧，把‘琼瑶’紧紧地抱在胸口/不同的，是晚风/撩乱了你/乌黑齐整的短发”（《梦》），这首颇具青春气息的诗歌，岸东虽然将之取名为《梦》，但写得并不云山雾罩，他的笔法简洁大胆又不乏少年至纯至美的含蓄，过往岁月的美好瞬间，能给历经沧桑的人生些许慰藉，也是值得追忆的。在岸东众多写故乡风物（包括他的学生生活）的诗中，都有一种寄情山水、深爱故土的的情愫，哪怕是一亩薄田，他也会找到春播秋收的快乐。在他眼中，山水、草木、乡风俚俗，都有动人的姿态和内涵值得品味和抒写，《归来的脚步》《风在春天的封面上漫步》《除夕》《火烧馍》等诗，在浓浓的巴蜀乡村底色中，表达了一个游子对家园故土的依恋之情。

值得一提的是，《把时间摊开》除了是真诚的个人之书外，还是具有浓烈的爱国主义情怀的正能量之书。《密码》《奋斗者》等诗，以激昂正气的诗性文字发出了一个共产党员和退役军人的坚定心声。岸东诗友虽经历了人生一个又一个挫折，看到了现实社会中仍然存在的种种不良习气，但他仍然相信人生是美好的，国家的明天是充满希望的。岸东诗歌中这些积极、阳光的文字书写，正是当下好多诗人需要学习的。近年来，大量的诗歌写作者切入社会现实的视角，不仅囿于小我，而且放大了芸芸众生的瑕疵。这种先入为主的灰色调的书写，带给读者的常常是幽暗和沉郁，诗歌本该有的良善和真诚，甚至乐观开朗的一面，已经相当稀缺。清代诗人张问陶在《论诗十二绝句》就指出过“好诗不过近人情”，这个人情，既是对社会伦理的贴切把握，也是对现实人生的真诚态度。岸东《把时间摊开》新著中的一系列军旅诗作，用刚劲开朗的诗风，带给读者积极向上的力量。他的《为了耳聪目明》《战洪图》等诗为英雄塑像、为时代立言，具有较强的思想性和艺术感染力。

古希腊哲学家柏拉图将时间看作是永恒的影像，时间是此在事物的摹本，能够反映当下的事物。而岸东对时间的理解和想象，已在这本《把时间摊开》中给予了充满个性的诗意表达，相信不同读者都会从中有所收获。

（干海兵，巴金文学院副院长，一级作家，中国作家协会会员）

目录 >> CONTENTS

第一辑　风在春天的封面上漫步

第二辑　生命里那段当兵的岁月

第三辑　为了爱

第一辑 风在春天的封面上漫步

故乡活着的木犁

从前朝投递下来的一个名词
像平置的阿拉伯数字

它孤单地倚靠老墙边
仿佛等着在光阴的废墟上生锈
等蚂蚁和虫子把家搬上来
等着打工的小主人回来慰藉

活在郭家湾的最后一把木犁
被共同留存下来
和木耙，牛轭
以及先辈们披过的蓑衣
共同为农耕文化做证词
面对我
这个背井的家乡人，它缄默不言
像是对着我素描，卧雪眠霜

蝴　蝶

穿花衣的女孩，独自
坐在春光的指尖上，读书

读到蓝天，高兴地扇动几下翅膀
读到白云，飞起又原地落下

读到一条河流把岸边的落花带走
她泪光闪动，仿佛懂得什么叫忧伤

眨眼就看到夏至了。她还在读
认真的模样像守在地角的一株胡豆花

目不转睛，读那伸出小手的麦穗
笨手笨脚地编织小草鞋

雪

清明。一片灰蒙蒙的愁云跟着我
心的方向，向南，向先祖居住的半山坡

母亲提前
把多余的杂草和蜘蛛网清除

郭公王母
郭公魏母，郭公张母李母
他们的名字瞬间映入眼帘

在墓碑前，我和弟弟
把打成捆的哀思一沓一沓点燃

青烟空茫，依然无法抹去悲伤

就像父亲转身离去的那个秋天
突如其来的一场雪

黄　荆

手捧五言七律。两根笔直的枝条
站在秋风中朗读

半截插在泥土的《月兔茶》，仿若苏老先生
坐在千年的水井旁享受耳朵

对于不听话的那一阕，程夫人的话
是多余的

只要黄荆大声说一句眉州方言
无须动家法，豹子都得夹尾巴

织布机

于织布机前，给三苏祠的蝉鸣
打了个停顿，还有三棵
父子树那么挺拔的感叹号

不为惊叹一个用蚕丝写生的女人，像蜡烛
用一生的光景
在手摇织布机上燃烧自己

只想叙述苏氏的衣、食、住、行
都搭载在这架像马车的织布机上
包括东坡的诗

……
和眉州的月

唤鱼池

光阴深处，青竹在节节拔高
溪流，在鸟鸣的回声里吟诵古诗

心怀仰慕的阳光从大山的门缝挤进来
偷听了一会儿，又退了回去

倍受感动的秋雨从灌木的指尖和小径的睫毛跳下来
脚步，一轻再轻

一首古诗词的初恋
含在鱼儿嘴里，密守千年

我轻轻一唤
一杯蜜，便流向岷江的远方

无名英雄纪念碑

无论怎样
都没看到一个人的名字
前来缅怀先烈的红领巾也没有看到
只有鲜红的“无名英雄纪念碑”
七个大字
像极了英雄生前
在肉搏战的血泊里
绽放的最后一朵红花

磨　刀

三粒石头
坐在故乡的门槛上，磨刀

两粒
十年磨出一剑

唯我这粒调皮捣蛋的顽石
躲在父亲给我设置的一个“矛盾”的单词中偷懒

心想，只要能把门前的河水劈成两半
就可以到达梦的彼岸

可万万没想到手中的刀
在磨薄的光阴里生锈

锈蚀的痂，就像落在我命运里的那个文加武
一生都抖不掉

追赶太阳

在嘉陵江边，一枚掉队的石头
以弓箭的姿势追赶太阳

拐弯处
被一只秋老虎绊倒

尽管那里没有三碗不过冈的酒馆
但心有景阳冈

于是，他从容地爬起来
拍了拍身上的沙尘，继续向前

此时，有飞鸟和白云
有菊花的艳丽和桂花的芳香

再等一千年

追赶了一千年。还是没追上
那个穿汉服的女子

我坚信她会回来
坐一只老木船，逆流而上

于是，我决定坐在嘉陵江边
再等一千年。等她

给我捎一首南国的红豆诗
等她，掏一方擦拭眼泪的白手帕

来了，就不想走

明月，还在天空逗留
沱江河就迫不及待
从幸福桥下穿过来
脚步清脆，像鸟鸣
像两岸晨练的臂膀
把红光的身子骨甩得哗啦啦响

身着新衣的芦苇，在春风中
向他招手，点头

他好像听不懂四川话
便忘了介绍自己，从雪山来
只是抿着嘴嘻嘻嘻地笑

途经公园一号
他跟着一对翻飞的白翅膀
绕了个回头弯
又停顿在廊桥的闸门上

仿若一个外地人，来到了成都
就舍不得离开

不再孤单

雪，还在不停地增加
尖包岭的高度

从嘉陵江边走失的小溪
此时，已不再孤单

因为
它正在孩子们的欢呼雀跃声中

被一个辽阔无边的白草原
认领

骑着一匹狂风

滴答
滴答

滴滴答答
雨的清音，像马蹄落地

我骑着一匹狂风
在夜的浪尖上奔腾

雷声
敌不过马的嘶鸣

只有那道银质的闪电
把我领回扬鞭催马的诗行

鸽　子

一瀑鸟
从天空飞来

像父亲
撒出去的一把种子

还没有落地
就听到谷子发芽的声音

丹景山

那些红的，黄的，白的
还有更多色彩
把自己打扮得像出嫁的姑娘
这，绝对不是故作沉醉的诱惑
是牡丹
实实在在的表白
你信与不信
我都不会怀疑丹景山的鲁班
会说谎

冬　日

就在刚才，阳光
一把拉开早晨的窗帘
寒风一路，像假装的文人
迫不及待地闯进来……宣布
脱掉秋的最后一件
性感内衣
拜读冬的第一首诗
比如雪白，比如爱和寂静

醉美阳台

我家的阳台很小
只容得下杜鹃
芦荟，君子兰
和大富贵装扮的一首小诗

所以，妻子刺绣的花朵儿
就只能堆放
暖阳的怀抱里

至于鸟儿
衔过来的一声声鸣叫
我根本无计把它挂上三角梅
索性
塞进春风的耳朵里

除　夕

火，再烧旺一点
父亲说
一定要让那壶煨热的高粱酒
把除夕灌醉

肉，再炖烂一点
母亲说
今夜有拄着拐杖的老祖回来

至于豆腐
弟弟妹妹们微笑着说
还是要石磨酸水做的口味好

关于守岁的饺子
哥哥说，不论是核桃心
还是韭菜馅。一句话

能让春风开怀痛饮就好

宽恕之美

谁先串联彼岸
托羽游向连心湖并不难
晨鸭，为谁做航行的领路人
一度嘎嘎嘎地争执不休

为一枚水螺的香
两只高扬的小黄矛和扑腾的白盾牌
句号般中止头破血流

柳招手。彼岸的一群小鸭应邀
被此岸宽仁的语言留在水面
宰相气概。大鸭划破水中天

大鸭小鸭默契协作
在水的平面
一个圆融入另一个同心圆

清波书法草章
在人字和人字的倒影
把白云缩写成
自然中的另一种宽恕之美

冲　浪

轰隆一声，响雷坠落
街旁树，被吓得打了个寒战
鸟，惊飞落到另一棵树
心想，如果没另一棵树
湿了羽的鸟
很可能和我一样
抱着头，在尘世的旋涡
冲浪

捞月亮

月亮掉入池塘
妻子叫我跳进去捞起来
我刚一纵身
妻子又摁住我的肩膀
食指指着鼻尖，嘘
千万别惊扰了鱼儿的好事

夜归人

雨，在棚户区说梦话
风，在旧墙上磨牙
一个从工地上走出的夜归人
一把拽住闪电，说
请把这段漆黑的路照亮一点

中秋夜

银辉洒下。身着汉服的女子
脚步轻盈
像漫步纸上的文字

我紧握妻子的手，暗示高跟鞋
再轻一点
莫伤及了春熙路

墙

为疆界纷争，张木匠和王铁匠
垒起一堵墙
张木匠走前对儿子交代
“把墙拆了，夜半才不怕鬼敲门”
儿子临终前，又叮嘱他儿子
“把墙拆了
不然，我和你爷爷都在墙外”

看门狗

怕来者不善。它
汪的一声拔出两把锃亮的虎牙剑
眼里燃烧的火
和脊背上耸立的锋芒
像极了竹林，正在生产的土兵器

芒种

芒种。不种瓜
不种豆
故乡把肥沃的土地留给上苍
种草，或流转给我，种
父亲的忧伤

春雨如约

柳，夸你
腰细。桃花赞美

大家闺秀——你碎步的跫音很轻
小草和麦苗惜你

金贵如油
他们伸出小手说要把你捧在手心里

我原谅你
上次的失约

因为，你在我内心
矮了一厘米的湖面

火　锅

锅，支在船头
汤，是嘉陵江的

白味
碰杯前，他们先把月光投进

把波涛
和纤绳的号子投进

如果这样的味觉还不够地道
可再放一缕
说川话的清风

旗　袍

自从那个叫桃的女子穿上粉红
旗袍
沱江河就再没挪步
他呆滞的眼神
像极了站在水中的白鹭
注视一尾鱼
至于杨柳扭动的
细腰，是余光
从开高衩的窗口捕捉的

蒹　葭

风一吹
她长高一节
风一吹，她比流水抢先一步
走向更深的绿
面对前世一头白发的梦中人
她依然激动不已
仿若芦丛中飞出的鸟
迎头撞上桃红的春光

回家路上

平日里代步的爱车
去修理厂疗伤了
鸟儿回巢
妻子挽着我的臂
挽着夜色和凉风
噔噔的高跟鞋在晚风中抒情
身后没有印痕
只有两行爱的诗
有风在朗诵，路灯在聆听

邮寄安康致端午

清晨，湿漉漉的芳香
倒挂家门。艾叶
抱着菖蒲流泪……打捞的船
铺满汨罗江，没有
把明月的尸骨捞起
捞起浪花一样美丽的离骚
和石榴般鲜亮的爱国情怀
棱角分明。粽子描写品格
红心枣，颂扬赤子的忠诚
端午，我无心分享
快乐，只邮寄
山河一样沉重的安康

空杯以待

深夜。枕边吹来一阵风
风力
像一粒落入湖面的石头
涟漪，一圈一圈
荡向夜的更深处。妻郁闷
好强的丈母为什么要比照我们的生活
像随时都在修补的旧木船……我说
老婆别急
我们先把腹中的杯口朝下
然后，再将清空的杯子
恭恭敬敬
呈送到她老人家面前
妻子咯咯一笑，惊醒了黎明

自娱自乐

街旁，匍匐的小狗
把一只废弃的空名词
咬得咔咔直响
掉落的矿泉水瓶子滚多远
它追多远
瓶子滚动的响声越大
它高兴的叫声越大
看着看着，就像看到自己
快乐的童年

我所热爱的

上山背日头，下河捞月亮
那是我的生活

我所热爱的，是喝碗墨水
向远方

十七八开始
就从纸上行

可每走一步，不是错了平仄
便是乱了节奏

人到中年，数不清
那把黑剪刀剪断了多少行光阴

却记得五言七律
是前行路上不可或缺的干粮

中秋夜，或小洞不补

初七那天，我看见上天划破了
一道弯镰口

之后，越扯越大
中秋夜
口子撕拉成碗口大的一个洞

洞里露出一张苍白的脸
云朵浮过去
没盖住她透心的凉

这，让我更加确信了
母亲常常挂在嘴边的口头禅
——小洞不补
大洞耗布二尺五

白　露

白，是雾的
露珠的白

站在秋的腰间
抱着太阳

风一吹，冷一度
风再吹，就开始凝结

凝结成母亲
整个冬天都放不下的心事

霜　降

落叶，在潮湿的马路上
艰难地翻动着身子

沙沙地响。并非
来自西面的风
而是叫醒黎明的扫帚

上学的孩子，未察觉
这个冷词的冷。可
眨巴着眼睛的路灯还是看到了

隐隐约约的霜
降在环卫女工的头上

清　明

落在清明的雨滴很重
每一滴，都会
把故乡这面蓝色镜子砸个坑

因雨滴密集，夹杂冷风
熊熊的火焰，一会儿正
一会儿斜
尽管墓碑前的哀思堆积如山

空茫的青烟，依然
慰藉不平，里外的伤痕

小　满

该来的时候，你来了
嘴里喊着快快快黄
布谷 15 点 59 分来，不算迟到
真正的迟到者
也不是母亲
等雨停下来才到田埂上
收捡痛心的叹词
而是父亲
丢在墙角的那把弯镰
再也喊不醒

邂　逅

——致小慌

邂逅，在《深夜听雨》

你的高挑
妩媚，以及诗行里奔跑的月亮
都是我
一直在寻觅的形容词

尽管心跳在加快
尽管辽东半岛的花朵不是为我开
但还是抑制不住慌乱的动词

回头。给你撑一把伞

七　星

你让发位置，说要
赴三生之约。微信里

我画了开阳旁的一颗小辅星
清晰，貌美。你说

成都这个星空浩瀚，辨不清
方向。我说

你面向“勺子”（左西右东）
而后，转身 180 度

春熙路口的桂花树
正闪烁着，七彩的星光

红　原

七月的阿坝，离天很近
羊还没漫上山坡，就撞碎白云

红原比太阳起得早。月还挂在顶上
就驰骋草原

飞溅的浪花，像格桑花
像黑牡丹般盛开的牦牛群

当然，还有溅到眼里的经幡和白牧帐
挂在脸上的幸福，扎西德勒

大约在冬季

小鸟飞了。有的南
有的北

留下的空，在瓦屋
疯长。母亲

把院前的孤独扯了一茬
又一茬
却怎么都没把漫天的惆怅拔干净

看到天空一行行飞行的“人”字，我
问同林羽，何时轮到咱们

大哥发来一张时令照
虽没确定一个准确的数字
但见雪花，已纷纷扬

何苦为诗

顺着小溪，向上
两岸摇曳着，七彩的花朵

听流水说，源头
在山顶。顶上有白云和海

白，是李白的白
海，是蓝海的海

于是，从石缝间游出的一尾鱼
奋力逆行

摆动着“人”字
工整的笔画

构　想

暖阳。高挂的灯笼
喜庆的红对联
把新村装扮得更像新村

坝坝茶还在
细嚼慢咽节日的甜味道
田边地界的名词
已经萌动了新构想

比如院前那片豌豆们
忙碌着向故乡投递花式的快递

比如几只斜落的燕子
又飞回电线上
在新春的脖子上打时尚的蝴蝶结

比如枝头上怀春的桃姑娘
和春风密议谈婚论嫁的新模式

打　捞

风，把梨花沟抚养成海
翻卷的浪花
白得纯粹，迷人

采蜜的蜂，形如一只瘦弱的船帆
扬起时光泛黄的云

倘若“火焰”不是愚人的谎言
相信渔捞
会兜起一轮红彤彤的爱情

在鸟道上

从一线天往上向左，夕阳
就到了李白的“西当太白有鸟道”

在“之”字转角处，我
不敢直视500米处的“红四军”

不敢跟着前面的勇敢者们
放开嗓子给“姜维”壮胆

像吸附于岩壁的巴壁虎
一寸一光阴向前爬

我怨恨自己
在时光充足的时候不练习飞翔

做一头爬行的蜗牛
便成了此时不二的选择

归来的脚步

因为一场细雨
弯腰拾捡光阴的小草
抬起了头

因为一袭微风
醒来的麦田荡开了
往昔的涟漪

因为一片暖阳
站在斜坡上的早油菜
露出了金灿灿的笑容

因为乡愁
一个归来的脚步
正好落在春天的封面上

暴　雨

一场突如其来的暴雨
倚仗权势
在华大广场撒野

屋顶地漏咽不下，凶狠
恶毒的话语

生活在负二层的排水沟
像昨夜
吹啤酒瓶的汉子

抓住墙角，晃荡的影子
大口大口地反胃

晒太阳

午后。驱车向阳坡晒太阳
一同席地草坪的
有几块坚硬的生僻字
有打开瓶盖的农夫山泉，半盒宽窄
有滴落《星星》的鸟鸣
当然，还有蚂蚁
和俯身于诗句的地下工作者
这些，我就不公开姓名了
他们是春天秘密派来的通信员

春雷即将轰鸣

雪，还在顶上
肆无忌惮地飞扬
每一片
都如寒光闪闪的锋刃

被肆虐的大地
强忍着剧痛，一个字
都不吐露
深藏在心中的秘密

因为暖风已经吹过来
春雷轰鸣的导火线
已经握在正义的手心

被沙尘挟持的瘦马

听，风
撕扯沙漠的声音
像不像鬼在哭，狼在嚎

看，风掀起的蒹葭
像不像戈壁
散乱的羊群

灰头土脸的牛们
在慌忙逃窜的黄叶中
寻找归途。像马路

挟持的瘦马，以木线杆
和尘埃中的高压铁塔
做导航

风在春天的封面上漫步

风，在春天的封面上
漫步。脚步轻盈
像阡陌踏青赏花的女子

燕子，从屋檐下飞起来
落进池塘
倒影，像一尾欢快的鱼

母亲看到油菜花集体
向她招手
精神矍铄地从木椅站起来

拍抖尘埃的动作，仿佛
要把 81 这个数字交换个位置

在童年的阡陌上醒酒

细雨，把初二的乡村路洗得很干净
暖阳，从大年初一的高轨上原路返回

三步两道桥下是桥的倒影
和几只比白云白的黄嘴鸭

回家过年的亲，一帮一帮
在大哥新修的洋楼前打卡

而我，却带着一株野菜花的乡愁
在童年的阡陌上醒酒

简　喻

狼毫，在小男孩摊开的纸上漫步
前路辽阔

围观者像故乡
握在手中的大楷

不离不弃的影子
像歪歪斜斜的草书。心想

奔六的笔
如果再不把自己的影子扶正

这一生
真就叫月光白的白了

奋斗者

在拼搏之年，在“一五”计划收官之年
在庚子之春
我们集结于新城区的东轴线上
开启了万丰实业的新征程

从高洞水果市场和桃花故里
光鲜亮丽的名字里
瓜果飘香，诗情画意
自然是我们向往和憧憬的好地方

然而，在现实通往远方的路上
上苍总是要给我们这些远行的人
设置一道道不容自己选择的难题和关卡
——无水，无电，无完善的生活设施

面对一揽子的“X + Y”
怎么办？一个个如龙泉山峰般挺拔的问号
矗立面前。是撤退
还是将初衷的信念坚守
脑海里反复敲击着徘徊不定的回车键

关键时刻。万丰必须冲上去的紧要关头
开弓没有回头箭
当冲锋号响起的时候又怎能当逃兵

前进！前进
历史的车轮要前进
我们万丰人更需要迎着新时代的春风
大踏步地前进

在董事长描绘的美好蓝图感召下
在踩一脚油门就可能抵达梦想的强力驱动下
我们以铺路石的舍身精神
以混凝土坚固钢筋的忘我定力
撸起袖子
同阻挡在面前的拦路虎
展开了一场又一场的激烈战斗

我们像机修工一样扛起责任的扳手和锤子
叮叮当当地与时间赛跑

短短十天。仅仅十天
我们以打破中联建站速度的历史纪录
完成了设备的组建和安装

当混凝土必须保障的指令下达时
我们不分晴雨，不分昼夜
全天候整装待发
与工地一道争分夺秒

和施工人员一起
在尘土飞扬的沙场上玩命
拼抢速度

短短几个月。我们十几位忘我的奋斗者
生产优质混凝土七万余方
实现产值达三个千万

回望过往
尽管操作室熬红的眼睛还充满着血丝
尽管家里的电话还是喊不醒驾驶楼困顿的耳朵
尽管河沟里的泥腥味像刺鼻的外加剂
还紧紧黏在我们古铜色的记忆上
但，我们无怨无悔
因为我们奋斗的枝头上已经挂满了丰收的喜悦

通过几个月的打造和磨砺
可以自豪地说
我们已形成了一个战无不胜
无坚不摧的战斗堡垒

在二期工程扬帆起航之际
我们东轴线站的全体战斗员
奋斗者们
像已注满燃油的罐车
随时准备出发，随时出发

国　庆

因为您的生日，我们在
鲜活的混凝土心中
升起了，一面五星红旗

因为您的生日，若羌的霓虹
登上夜空
与我们一起分享月光的甜蜜

因为您的生日，我们接过公输子
手中的锤子
叮叮咚咚地致祝酒词

因为您的生日，滴答的汗水
从昆仑的肉身跳下来
为努力向上的大美楼兰赶制封面

密　码

——写在建党百年之际

当时光的右脚跨入船舱
红船点了点头
嘉兴点了点头

小浪花轻拂阳光的声音
仿佛嘴角上扬礼仪
连声道出的欢迎词

顺着南湖往里
我走进 13 位青年
走进了热血澎湃的更深处

镰刀加锤头的密码
在讲解员聪慧灵秀的唇齿间
道破天机

如果你还没记住
请回望 1921 年
7 月 23 日，望志路那束燃烧的光明

说好的

——写给水稻之父袁隆平

说好的，等稻谷长成高粱
米粒胜过花生。说好的

等盐碱地的单产超越海水的梦
说好的，等填饱地球的肚子
您就安然坐在谷禾下乘会儿凉

怎么　2021 年的秧苗才刚拔节
就匆匆走了呢

5 月 22 日 13 点 7 分，爆炸新闻
确认了答案。还说
袁老报告完就马不停蹄
奔忙于扬花的田间

身旁，一池幸福的蛙鸣

诗　姐

——教师节感怀

与《星星》邂逅
你成了比我年轻的诗姐
几年来，你掏出个人节省的时光
给我充电
给我破译诗歌的密码

你说现代分行重在呈现
无须开口，让有血有肉的文字
自己说话，自己飞翔

我写花写草写蚂蚁写飞虫
写生命沉默的所有
唯独没写老师那块棱角分明的石头

沙尘暴

突然，平地上旋转起一个昏沉的旋涡
腐烂的落叶、废弃的纸
以及耳朵里灌满沙尘的塑料袋漫天飞舞

原本火红的烈日，仿佛受到惊吓
一张苍白如月的脸

在戈壁拾荒的词，一手拽着昆仑的衣领
一手捂住塔里木的口鼻

眨眼间，一个个刚刚醒来的村庄，白杨
就被嚎啕的“野兽”吞噬得一干二净

满

三巡过后
你给我斟了八分

我接过酒瓶，还是满上吧
难得两个碰得响的杯子

不知不觉，瓶子空了
你说再来一瓶

干完千杯，正值小满
——月亮包浆的时节

成都下雪了

就在刚才，朋友圈堆满了
一个闪亮的
一个让锦江河畔的孩子们
雀跃起来的名词。仿佛

要借他们绯红的小手
和十把奔走相告的扫帚
把这漫天飞舞的快乐
一片不剩
收揽到他们幸福的童年

而全然不顾
那是龙泉山的桃叔叔
送给春姑娘的见面礼

感　冒

鼻塞。咳嗽。打喷嚏

爱钻空子的“木马”
总能找到袭击被窝的漏洞

或许是三九感冒冲剂的
化学效应

让浪迹天涯的石头
掉进波澜翻滚的海洋

差点，没把自己打捞出来

夏　日

主人中暑了。疯长的草们
席地不动

从犁沟上埂的牛
咕咚咕咚地咽了几口泪水

而后，站在烈日下
为犁田的妇人遮挡太阳

第二辑 生命里那段当兵的岁月

别

三个包，加一只斜挎的军用水壶
就还原了你来时的模样

所不同的是你胸前的大红花
比三年前开得还要光荣

尽管我们同是沙场上成长起来的战友
尽管我是你掩体下重生的兄弟

但，还得请原谅
我不能再送班长一程

因为今天的秋雨比昨晚酒桌上来得更猛烈
黄河，再度决堤

军中绿花的人间烟火

在窑洞久了。她们
要出去，透下风

李花说，昨晚上了大花轿
梦里，没盖头
还是这身绿军装

桃花扑哧一笑
哈哈——想嫁人啦

杏花追着李花交出白马王子
李花一边跑一边指着载波分队
那棵笔直的小白杨

别来无恙

梦里。你端着一杯久别的月光
从一张酒桌
走向另一张酒桌
回头，你为没找到当年
给你修改病句的班长
心生愁云。此时
天天和我一起跑早操的赵战友
“劝君更尽一杯酒”。我看见
你长长地舒了一口气
抿了抿嘴，说
嗯嗯，这是他岸东的味道

走进绿色

灰白的尘土在班长的口令中消融
每一个士兵都像一滴蒸发的剔透清凉

日趋规范的线条和方块
镌刻着排长的旷达与细腻

指导员的军号，总是吹响
在思想的拐弯处。我

常常跌倒在预设的沙场
可，每次站起来
连长都夸我，钢枪的模样

走进绿色
我不再把五彩斑斓向往
黄色在皮肤
红色永远在胸膛

队列训练

雪，纸一样
摊开，在大西北训练场

脱下秋装的白杨
被吹过来的刀子刺得哇哇直叫

班长在队前，冰柱一样
机械地摆臂，踢腿，敬礼

我们一步一动，临摹
千遍万遍地重复班长的模样

雪地上，滚落的汗珠
像圈点的符号

我们这些弯腿杆被标注成文章的重点
班长预告

下一阕
将让我们匍匐在宣纸上修改病句

紧急集合

夜至三更，急促的哨音
惊醒了新兵的梦

班长在漆黑的窑洞，一边打背包
一边有意敲击床铺
虽没说话
但我们明白他发出的信号

40 秒
我们跑步到操场

连长指示各班点验
我听见流水般哗啦哗啦的报告

一班 3 人没扣衣扣，2 人没系鞋带
二班 1 人没携带枪支，3 人裤子穿反
三班……
点验完毕

连长接着通报“敌机”已经逃跑

我们刚要把旧梦重温
紧急集合的哨声又一次把旧梦打断

这一夜
“敌机”在我们营区侦查了三次

打　靶

雪，矗立山峰
有几只松鸦在警戒巡逻

胸怀靶，是假设的敌人
冲锋枪，卧倒
在百米之外
“八”字攻势

指挥长还没有下达完射击的口令
我就迫不及待
把十颗胡豆米一齐压上枪膛
而后，闪电般地扣动了扳机

瞪大眼睛的连长
啪嗒一军靴踹向我的屁股
责备我，打兔子

射击完毕。报靶员报告
这个快枪手瞄准的精确度
八九不离十

军装的诉说

压在箱底的军装，折叠着
一个绿色的梦和皱巴巴的记忆

棱角，线条，领章，红五星
以及一张张稚幼的脸庞
像一颗颗金色的纽扣
紧紧地扣在一个老兵的心上

八一节，我打开扑满灰尘的牛皮箱
一群活蹦乱跳的“金丝猴”
像胸膛摁不住的相思
猛烈地撞击我，目不转睛的眼球

把中秋的明月寄予远方

因路程遥远，站点多
我得提早出发
走在微信的前头
把蜀都金桂般飘香的圆月
挂上西陲
陈列长江，黄河，村寨
古井……慰藉远方
——亲密的战友

我征程的心情，宛若凉爽的晚风
云一般轻盈的步子
与月光赛跑。很快
把古蜀道甩到了秦岭身后

前方，就是曾经朝夕相处的军营
——我们的第二故乡

往昔。此刻。窑洞
早已灯火辉煌，“宾朋”满座

记得老连长为安抚中秋月纷飞的相思
端出月饼，酥梨
和战友们一起举杯
把满营区的月光碰得哐当直响

今夜，战友们，或正与吴刚同欢
或与嫦娥舒广袖
但，我不知道
你们泛黄的相思，是否同我一样
正忙着赶路

哨　兵

解开秦岭厚实的外衣
来自巴蜀大地的战士
跟着线杆的足迹
找到了属于他们的第二故乡

哨所隐秘，远望
只见青瓦房的帽檐
近听，除了通信线在瘦风中嘶鸣
剩余的，只有铁锅，铲子
在天黑前发出的单调而又低沉的咳嗽音

工作交接，是一茬又一茬新老兵
更替的特别仪式
煤油灯，自然是首先传递的火炬

库房的账单，一页不短
长库的，是生长在院子里的孤独和寂寞

老兵走了，新兵多了一份牵挂
他们常常揪心的不是光阴的艰苦
而是老兵那双双坚硬熊掌般的老茧手
如何紧握他们的亲人

一棵树，掀起波澜起伏的风

一棵早已停止心跳的白杨
突然掀起一阵波澜
起伏的风到连支委转了一圈
就点燃了，连长的肝火

“自私鬼”……
像倒屎盆子一样，扣在了
砍伐白杨战士的头上
风，吹到了有想象力的舌尖上
刮到了一些官兵的餐盘里
成了他们可口的下饭菜
“农村来的放牛娃，埋头苦干
是演戏。砍伐连队的树
做箱子，是习惯的贪图私利”
一起入伍的同乡，责备他
毁了自己的前程，卖了“川军”的脸

时间在流逝，风依旧在填补空隙
唯有砍树的兵，在肮脏的修辞包围圈
默默地做自己该做的事

当他汗流浃背
将一摞崭新的蒸笼背到炊事班时
正在为蒸笼破烂发愁的
班长，羞愧得不知所措

为了耳聪目明

冰雪覆盖大地。秦岭的夜
淡淡月光洒下
冻僵的通信线路瘫倒在槐树林
北京至成都
正在执行任务的 13 线
成了聋子的耳朵

在被窝里睡得正香的老志愿兵
被急促的铃音敲醒
线路故障就是命令
他推开来哨所探亲的妻子
独自奔向了抢修线路的战场

卧在雪地的线条，有的
身负重伤；有的
已经被厚厚的白棉袄窒息
他清楚，在方圆 20 里的深山野岭
找不到医这种病的医生
找不到更好的救护神
唯一能“救命”的土办法

就是把被压成刘罗锅的冰槐粉碎
然后，把军装撕成西北的“拉条子”
连同系鞋绳和裤腰带
把一段一段的线路从冰雪中剥离
再挂上

线路的疼痛得到了有效地缓解
黄正州，却被两个猎人
抬进了重病监护室

战洪图

——素描与洪魔肉搏的将士

一场将士与洪魔的肉搏战
摆在 24 年前换装的秋天

夜深人静。狡猾的洪魔伸出偷袭的魔爪
一口把张家湾老镇吞进嘴里
彰显它的兽性和凶猛

为防备和堵截将士反扑
它一个飞腿，又把山体踢破
让大山的血流和残垣断壁
斩断了将士们的去路

心急如焚的王连长清楚
洪魔不给他们预留清理路障的时间
只有争分夺秒
才能尽快让老百姓脱离危险

他们绕道波涛汹涌的洪流边
手扣手，蚯蚓一般
在泥浆里爬行

鞋掉了，他们索性赤脚
手破了，他们撕下内衣包扎

身着 72 小时泥浆的将士
硬是凭着勇敢、顽强
和不怕死的精神，把被困的千余百姓
从洪魔的大口中拔出

七十二支烛光

那夜，延河水在纵情歌唱。宝塔山
被打扮得灯火辉煌

那夜，指导员把镰刀加锤头的旗帜
挂在窑洞的正墙上
连长点燃的 72 支烛光
站在一块硕大的蛋糕中央欢笑

那夜，我们合唱完生日快乐
双手合十，许下一个庄严
而又神圣的诺言

那夜，我们欢呼！我们庆幸
把自己交给了党

那夜，一浪高过一浪的欢快歌声
至今还在耳边回响

好风景

山坡的果园属于村庄
属于龙王山

偶尔，也属于我们通信战士
眼里的风景，属于爱情

比如花儿拥抱蜜蜂
比如知了呼喊蝴蝶的昵称

比如赵技师在石榴树下
轻轻地咬他恋人的耳朵

比如，那绯红的杏儿
回眸鸟儿时艳羡的眼神

一个人过八一

清晨。从记忆翻出一身旧军装
独自对着洗面台整理军容

独自跑步窗前
面向太阳升起的方向行举手礼
踢正步，走分列式

检阅台上，站着
居家备用的水杯和几瓶农夫山泉

接　站

没穿无檐帽军装，是肯定的
有没有着那件紧身青花瓷

应该还是不会。朋友圈暗示过
近些年发了“横福”

D1917 到站的脚步声越来越近
心，随之颠簸了起来

——不知这束鬓角泛白的康乃馨
是不是还喜欢

——不知东客站敞开胸怀的那一刻
会不会有惊喜扑过来

——千万不要像 30 年前
因身上沾满牛粪而错过爱的站点

至今还在你的影子里打转

以 75 厘米的标准步幅
和每分钟 120 拍的节奏，走进你

情窦初开的红梅
像刚刚穿上军装的女兵几多腼腆几多羞涩

我举起暗恋的快门，把你
迷人的倩影定格在操场

你的军姿和精神面貌
都符合我的三大条例

你的每一个细小动作和表情
都完整地收藏在我甜美的记忆

直到走过万水千山，直到
迈进人生的深秋，我

都还在你的影子里打转
翻不过单相思的门槛

空椅子

再度北上时，延河水
正在用方言吟诵《北国之春》
几个头上开花，封面上
褶皱了几行电缆沟的旧款式通信兵
跟着导航指引的红色足迹
又一次紧握杨家岭
在七大礼堂。我们半边向左转
面向高高飘扬的五星红旗举手行礼

此时，春光正好
围着一孔窑洞，马灯
和书桌上的笔墨纸砚亲切交谈
提起《论持久战》，仿佛看到主人
刚刚从椅子上站起来
面朝红日
向他的人民挥手
指引光明
我心怀崇敬，小心翼翼地抚摸
空椅子，上面
还有延安
通宵达旦没有入睡的滚烫体温

峥　嵘

冲锋枪紧抱胸前
手榴弹别在腰间

低姿，匍匐
卧倒在前沿

当愤怒的子弹从战壕飞出
当敌人的盔甲变成破碎的石头

当烧焦的军旗漫卷
胜利的山头

我突然发现自己
是毕加索的一幅珍藏版

第三辑 为了爱

背　影

父亲背对着我
背着刚被掏空的背篓
急匆匆往家赶
走了一段
又返回学校
把遗忘的唠叨塞进我手里
千叮万嘱
要我用那一毛八分钱买份肉吃
他走后，我被课文里的朱自清带入
父亲的背影
一生都走不出来

把自己弯成一把镰

——献给父亲的节日礼物

把日头扛上山冈
他不弯腰

把星光背下河底
他不弯腰

即便是天塌下来
他还是不弯腰。他说

是男人
就得顶天立地

当然
父亲也有弯腰的时候

譬如，麦子黄了
他把自己弯成一把镰

譬如小时候
我和弟弟争着把他当马骑

怀抱落日给父亲拜年

年三十。我抱着故乡的落日
给父亲拜年

途经坟林，到处都是
一堆堆纸灰和残断的香

那些还没有熄灭的蜡烛
坐在地上抱头落泪

父亲的房子明显陈旧。像
年久失修，屋顶长满杂草

在我心里，父亲
是个讲究、爱体面的人

怎么在辞旧迎新的喜庆日子
连自己的门前雪都不打理

是去了远方？在回家路……天黑了
我不敢再往光阴的深处想

我跪在黑底白字的墓碑前
三个响头，没把父亲喊答应

向阳坡

母亲做主，把父亲安葬
日照充足的向阳坡

哥哥不忍父亲一个人在那里孤单

母亲说她走后也要去那里
除了陪伴
还要给父亲栽种一大片阳光

弟弟仰望着母亲不解地追问

母亲含泪哽咽了许久
才一个字一个字地吐出
“你爹说，他是阴影里的青苔”

童年的记忆

10 岁那年，我在前面牵鼻索
父亲在后面摇晃着饥渴的犁把

不识犁沟的牛
自己把自己拉成一张弓

突然，一只八哥从它脊背上飞起
在昏沉的天空画了一个大问号

落到田间的那点
在翻新的瘦土里寻找午餐

火烧馍

父亲手里半块抖得下灰的
灰白月亮
很薄。但，母亲在里面
填充了不少内容
比如夜色、星星
比如汗水和爱

母亲节

9 点 10 分，张大妈松开站台的手
去体验和谐号的新感觉

李二嫂兴奋地扎进朋友圈
跟着小孙儿忙着拆红包

此刻，只有鲜花
宁静，守望着邻居的月奶奶

母亲节。我在电话这头
开玩笑说还妈妈一个吻

母亲在那头呵呵直笑

中元节

向晚。二房坟林青烟空茫
三两白发
在各自的亡灵前念各自的经

母亲小心翼翼地给父亲递过一碗“水饭”
不停地往火里投冥币

——这沓千元券拿去买件体面的云衣裳
买下酒的满天星。剩余的
换一轮圆月照亮你回家的路

还说，如果来世还做夫妻
但愿此时
蹲在外面的是你，躺在里头的是我

划龙舟

星期天，我匍匐在凉席上

女儿和她妈妈
骑在我的背中央

我问她娘俩要干嘛

女儿妈妈笑嘻嘻地说
把我当船来床当江

生日礼物

亲爱的，今天的阳光属于你
整个宇宙的快乐都属于你

在属于你的节日里，我想
裁一片蓝天的蓝为你缝织一条天蓝的裙子

再剪一段像花朵儿一样的白云
披在你的肩上。然后

轻扣你的手，一同漫步
漫无边际的荷塘月色

亲爱的，如果今晚邂逅的是一轮圆月
那便是我，亲手为你制作的蛋糕

如果相逢的是满天星
不用猜，那就是我，点燃的蜡烛

亲爱的，不论我们对饮多少个满杯，请放心
天狗绝不会咬破玉兔的红嘴唇

久别的温存

来到浣花溪。玉兰正戴着白手套
轻拨杨柳的细腰

枝头上的小樱桃，仿若拱桥下戏水鸳鸯
含情脉脉的眼睛

你说，我们不再羡慕月光
亲吻花朵，那些刺激神经末梢的缠绵之事

还是屏住呼吸吧，把一个名词温存
另一个名词美好的时光定格在五月

都不睁眼，静静地
聆听，晨露滋润花瓣的声音

错　过

那时，我俩席地而坐
相间，一片薄薄的月光

你指着瓦屋上的星空，说
你喜欢银河左岸
那颗明亮的小星星

说完，你含情脉脉地望着我
眼里荡漾着羞涩的涟漪

那时，小星子转动的速度
跟不上爱情扑腾的翅膀

如梦初醒时
大片大片的雪花
已纷扬，寒梅的头顶上

金色，是鸟儿谱写的新曲

金色，是三月的
金色，是鸟儿谱写的新曲

金色是春风单膝落地的庄严誓言
我多么想

把你打扮成金色
趁北方还没醒来

就早早地
把你迎娶。而后

像快乐的小燕子
去池塘边剪杨柳

像自由的蜜蜂
奔忙于花朵的故乡，采撷甜蜜的爱情

像油菜花沐浴春光
扬花结子

燕子衔回锦书来

打开四月天
想写一封春天般姹紫嫣红的锦书

相思和爱之类的话
就留给之后的红豆去说吧

至于玉兰结同心，樱花开并蒂
那一定是我，要向你描述的风景

关于燕子、流水、春风之类的词
我就不束缚他们的翅膀了

任他们自由……像远方
踏春踩青的你

当然，我还是祈愿
当他们得了相思病的时候能朗读我

像猫咪和月光般温柔的抒情小诗
最好是在“女皇”的耳旁

春风拂面

在出站口。我
把一束芳香四溢的阳光递交
你胸怀

你双手抱着若狂的惊喜
闻了闻，说
真香，玫瑰的味道

我接过拉杆箱，并排向前

尽管离开军营多年
习惯。还是
让春风的节奏，不知不觉
落在了三月，同一鼓点

蹬音清脆，像同频“载波”
共振东客站

漫步星空

浏览完桃花故里。远方的
星子和初上的华灯
已融为璀璨的星空。我俩

用心的刻度，丈量
凯伦阳光到鹊桥的距离

你问我走了多少步？我说
减去十指没相扣的
那一段，应该是二百零二

你用力地握了一下我的右手
含情脉脉地说，不对吧
还得加上 1314

乘江醉纸灯

锅口，平于桌面
两只耳，听得专注

鱼儿，在江中追赶浪花
说四川话。浮出水面的事物
扭几下杨柳腰
又潜了下去

两枚亢奋的玻璃杯
在炊烟袅袅的云雾中，不停
走来走去。那频率
仿佛千杯不醉！恍然间

系围裙的小妹暗示
要打烊了。我抬头一看
朦胧的纸灯，没转眼

话　别

请原谅！留你
说不出体面的理由
借一句诗歌的话
——只想让你更尽一杯三月的春风

握别时。你仰望着星空
仿若在向他们寄托牵挂。我说

放心吧！我不会折王维的柳
也不恨别诗圣的鸟惊心
一个人的身影早已定居
在那个说川普的心间

不信，你回头看
短发在飘，淡淡的口红

我用诗歌去迎新娘

轻轻一碰，两个电话号码
就溅起了爱的火花

阳光一抬头，一个号码的花蕾
就开满，另一个号码甜蜜的山坡

定情物镶嵌在别人的商场
我的衣兜空如金蝉脱壳的壳

拿什么去迎娶？她说自己买一张票做礼
绿皮火车当花轿

我用百合加玫瑰拼写成一组诗。在站台上
为一对没见过面的鸳鸯举行了隆重而又浪漫的婚礼

谁说，这是聊斋
我们有相濡以沫的三千白发做证

还有当年在准岳父手里怒吼的断木棒
和丈母娘锁吴家大门的链子锁

忘了插玫瑰

送七夕的百合，忘了
插玫瑰。我

让她闭上眼睛
偷偷从红唇上采下一朵

放在她脸上的
她没看见

我对着她晃了一下镜子
她扑哧一笑，追着让我给摘下来

我说别，现在才开了 2 朵
等 999 朵盛开成 1314 亩玫瑰园

那时，不用搭鹊桥
牛郎织女每天都可以挽着手过河了

为了爱

以梦为马。扬鞭
向西

心想到天边，为你
采一朵圣洁的白云

可四月天的雪
还厚厚堆积在马路的关口

不过，刮到脸上的沙尘
已没从前那么伤人

就连戈壁的沙柳
都生长出了暖烘烘的玫瑰红

归　心

归心的箭，从塔克拉玛干
沙漠的弓上射出
很快，穿过戈壁
柴达木
把母亲河的乳甩在高原身后
突然
像望着冰川反刍的牦牛
慢了下来
仿若已经感觉到
咽下这一口
就将被赶往特色餐馆的后厨

计　划

请张三李四王五
在你个人的节日前，我
做了细密的安排

计划你着一身体面的新衣
站在四层蛋糕前吹蜡烛
许一个地老天荒的心愿

想以一朵花开的惊喜
愈合一句话制造的创伤
然而，“说走就走”不能如愿

阵痛的心连吐了两口带血的刺
一口呛在你的心
一口倒勾在自己的肝肠上

我的泪在姐姐心里流

以往从姐姐家离开，米面
花生等土特产不把后备厢塞满
姐姐都还要到菜园子打几转

这次从姐姐家走，像往常
一样，她与我
并排往停车的地方走

不同的是，她一边走
一边不停地阅读写在兄弟脸上的疼与痛
一边梳理我无法晒干的羽

当我含泪说再见时
姐姐早已泣不成声
围裙，紧紧地捂在脸上

心甘情愿

为了一个字
把高昂的头颅一低
再低

为了一个字
双膝
把地板喊答应了两次
却没
把一个侧身的爱叫醒

不论风雨之后还有没有彩虹
红色，依然是你
橙黄绿蓝靛紫
都是我
心甘情愿的衬托

恨透了

既然恨透了
就优雅地去吧

莫记过往
莫回头

把背影留给我
做药引

被懦夫活捉的俘虏

在岔口，我
坚持沿大道勇往直前
因前面
有诗，有圆梦的远方

可娇惯不羁的小性子
偏要独自在布满荆棘的羊肠小道

为一个有温度的方块字
我拼命
把偏离的方向盘往怀里拽

而钻不出的牛角
不但不信守初衷
反而责备对方骨质疏松

是的，为了爱
七尺男心甘情愿
放下手中的驳壳枪

丢失的影子

当离去的背影转身时
我已上了对面的岸

当水里的双人影变成单人影时
忽然发现
前方河流
已是长满了白发的蒹葭

丢失的影子去哪了呢
月牙没吭声
在我抛入水中的石子下面晃了晃

自以为是

歪着脖子的白眼
把黑眼球逼到墙角

龇牙咧嘴的火箭筒
自认为
放一串火星四溅的毒气弹
就能毙命

却万万没想到
每一发都当当当地落在铁壁上

同　窗

——写给木马中学高七九级四十年庆同学会

光阴荏苒。时光以物理的方式
马不停蹄。它不管我们
人生的方程有没有解
就将一把寒霜般的粉笔灰
无情地抛洒到我们的头顶之上

在缺衣短食的化学反应过程中
除了屈指可数的金榜题名
大部分同窗未能幸免回到泥土里挣扎的命运
把一肚子苦涩的文字倒进犁沟里
求生，关进柴草棚，繁衍

国富民强
我们却站到了夕阳的西口

回望过往的历程，同学
——我没有血缘的亲情啊
无论你是富贵，还是贫穷，你都是我词典里
删不掉的一个温暖的名词

时空的摩擦系数渐次减小。我对你的念想
却生长得郁郁葱葱，枝繁叶茂
过程中的停顿和隐匿，或许正是为了今天见到你
岸边的景色更加秀色可餐

同窗相聚。是兑现
四十年前舌尖上红薯般香甜的承诺吗
还是重温那张通铺上
我们彼此紧抱的美梦呢

打开记忆泛黄的照片
你哟，那稚幼而又充满憧憬的笑容
依旧
如操场边那招人喜爱的梧桐花

土地不再寂沉

我多次反问自己
假如，木马中学
是一块培育人才的土地
我与同学——你
便是曾经生长在这里的
一株幼苗

在那勒紧裤带过日子的艰苦岁月，我们
像依偎在母亲怀抱
吸吮她贫苦而又清淡如水的奶

羽翼未丰。我们
就背负老师厚重的希望
怀揣稚嫩的梦想各奔东西了

同学间的情谊，从此失联
就连通铺上我们相互取暖的被窝
也被僵冻成冰块。今天

我们从思念中来

我们从天南地北的牵盼中来
我们相拥女皇故里
把久别的离情一杯一杯泡在浓茶里
满在烈酒中
把往事的回音碰得声声醉

其实，那些未能赶来上课的同学
他们早已在他乡或端着酒杯
或隐在光阴的影子里
一一对照，搜寻
浪子坪的同学，相思的你
还有几分原来的模样

千万不要责怪他们“缺课”
我们琅琅的“读书声”
已经唤起了他们耳朵的伤痛

来吧！同学们
让我们高高举起酒杯
为我们今生是同学
来世还做同窗

梦

梦里，你依旧
身着天蓝
白筒裙
依旧，把“琼瑶”紧紧地抱在胸口
不同的，是晚风
撩乱了你
乌黑齐整的短发

雀 斑

时光飞溅
脸上的几滴黑墨水

像翩翩起舞的蝴蝶
在她脸上飞

如果不是我不停地点头
她对诗歌的侃侃而谈

几只扑腾的小精灵
可能早就成了我封面上的
绣花姑娘

生日宴

一碟沙哑的鸟鸣，一碟心酸
一碟凉拌孤独
一盘 59 粒发霉的花生米

一壶浑浊老酒
一只破损的杯
这样的生日宴
够丰盛体面了吧

当然
自己给自己碰杯前
先敬天地列祖列宗
敬十月怀胎
和推干就湿的父母

而后一杯接一杯
不把这世故的夜灌个烂醉如泥
绝不收兵

哈哈，哈哈哈哈
继续干吧
说成都话的清风还清醒着

天　涯

一步跨出去，就到了天涯

在海角。肩上的老式步枪并不知道
刺刀会闪烁潋滟的波光

而立的拐点。才发现
别在边关的相思豆是你郑重的表白

途经人生的沙漠
你指着胡杨身旁婆娑的红柳

问，像不像
你在我手臂下旋转的模样

而后，小指勾着小指要王子发誓
海不枯石不烂

当着满天星辰，我大声呼喊
死了都要站着

即便倒下去，爱公主的心千年不腐

倾　听

深夜，与母亲视频
荧屏里，偶有爆竹欢呼
偶有星子散礼花

对于邻里辞旧迎新的贺词与祝福
显然，患耳疾的母亲没听见
但她神情依然
像门框上春意盎然的红对联

新年的钟声已敲响一个多时辰了
还滔滔不绝
给我讲已讲过千遍万遍的稀奇事

转眼，窗外的星星
都跟着黎明的鱼肚白去了外婆家
而守岁的汪汪
还坐在火盆旁竖立着耳朵

遥不可及

分手时，你留给我
一个雾蒙蒙的背影

喊一声不答应
喊两声，还是不回头

喊十年，二十年，山谷里
仍然没有你的回音

从此，我练习数星星
数一遍，光阴老一截

数到月亮都长出满头的白发
才发现观音阁的钟声那么远，那么远

我的名字

为取一个名字，父亲咽不下“东亚病夫”
坚持“中国功夫”

母亲因一字不识死活都得喝点墨水
究竟要儿子习文还是尚武？

父亲坐在门槛上吧嗒吧嗒吐愁云
母亲在灶房丁零当啷甩怨气

还是外公那支“英雄”牌钢笔好使
他不慌不忙在一张烟盒纸上

写了一个左右结构的两全其美
于是，一份永久性的和解协议

就悄悄藏在一个叫郭茨斌的名字里

蜉　蝣

张开，是一朵
合拢，是吹落的一瓣

飞走时，水草
轻轻地挥舞衣袖，像“作别
西天的云彩”

想到徐先生，她
又飞回原处
仿佛懂得什么叫慰藉

在生命的黄昏里，“渺沧海之一粟”
并没《再别康桥》
那么忧伤。反而
大大方方
堂堂皇皇地做了夕阳的新娘

只若初见

无风。夕阳坐在相思的门槛上
打理中秋的心事
烟圈揽入的云，像雾
像纱
像记忆倒流的时光

思念已远，菊，依旧站在院前
静静地开
依旧无法摘掉包办的红盖头
依旧拒绝长跪不起的蜂

唯一不能只若初见的是今夜的明月
再也照不到两棵苹果树
十指相扣的心上

我的老师

教完点横竖撇捺
又教如何在算盘上计算
光阴的加减乘除

如何在人世这张白纸上
写好一撇一捺

当我正在完成一个工整的“人”字时
我的老师
却在不经意中
把自己消磨成一捧
装在盒子里的粉笔灰

给先烈一个恒久的吻

八一，奶奶行四百里路
只为给魂牵梦绕的一个吻吗

在陵园，奶奶把摊开的糖果
依次分发给独生儿的战友
依次安放一束束鲜花……而后

颤巍巍地俯下身子
将几十年的相思紧紧地贴在烈士们的脸上
久久的

久久的……直到泪水洇湿了
墓碑的遗容

当烈日搀扶起老人家无尽的悲伤时
穿过土布军装的奶奶还在
不停地抽泣，喉咙早已沙哑

摊开贡格尔

摊开贡格尔
拂面的晨风
在初秋的枫叶上放牧白云

马群
在埋头努力地割草

开放的花朵
依旧在任劳任怨地开

只有蓝天上那对张开的翅膀
和赛场上射出的箭
在一片雀跃的欢呼声中完全悄无声息

兜头只剩最后一块钱

从工地回出租房
听路旁花店喊
五块一支了

媳妇开玩笑说
老公，玫瑰降价了

老公指着头顶的月牙儿
——看嘛
兜头剩的最后一块银币
拿去给老天爷补漏了

没补严的口子
漏出一地羞涩的银辉

后 记

对漂泊天涯的自己而言，每当想起生养我的故乡，想起军营，想起前行的跌跌撞撞，想起一次又一次的离愁别绪……总喜欢找几个知己懂己的文字，当作好友，说几句悄悄话，或长或短，好像只有这样才能摆脱情感的旋涡，才能真正释然。

我经历过“铁饭碗”变成“找饭碗”的人生大地震，为重建自己的“家园”，又拿起搁置十来年的纸笔，在“废墟”上捡拾初心，重构梦想……

萌动写诗的想法后，很幸运得到《星星》诗刊老师的指引。《星星》诗刊是新中国创刊最早的诗歌刊物，在诗人、读者们的心目中，是非常权威的诗歌刊物。我要感谢《星星》诗刊的老师，感谢他们对我“一步一动”的指点，感谢他们在一个诗歌贫困户身上倾注的心血。

决定出版诗集，绝不是为了显摆从犁沟里捡拾了几个生锈的文字，更不是给自己佩戴花环，纯属对诗歌的热爱，出于回馈，回馈天地，回馈列祖列宗……甚至，把它作为魂归故里的介绍信！

2022 年 5 月 12 日